그게 다는 아니에요.

그게 다는 아니에요.
That's Not All.

지은이 조쉬 프리기, 미바
옮긴이 미바
디자인 미바
펴낸이 박민하
펴낸곳 우드파크 픽처북스
홈페이지 woodparkpicturebooks.com
인스타그램 @woodpark_picturebooks
전자우편 woodparkpicturebooks@gmail.com
ISBN 979-11-959560-8-1 (03810)

발행일 2022년 10월 28일 초판 1쇄

그게 다는 아니에요.

That's Not All.

조쉬 프리기, 미바 지음
미바 옮김

우드파크 픽처북스

• 일러두기
조쉬 프리기의 글은 ⓙ,
미바의 글은 ⓜ으로
함께 쓴 글은 ⓙⓜ 혹은 ⓜⓙ로 표기했다.
주제를 이끈 이의 머리글자를
우선하여 표기했다.

차례

이 책을 니오에게 바칩니다.

ⓜ

아버지의 윗입술이 얇아졌다.

아버지의 윗입술이 얇아졌다.

몇 주 만에 만난 아버지는 어딘지 모르게 낯설어진 얼굴이었다. 무엇 때문인지 꼭 집어 말할 수가 없었다. 면도하셨어요? 면도하긴 했지. 뭔가 얼굴이 달라진 거 같은데 뭐 하셨어요? 아니, 똑같은데. 기억을 더듬어본다. 나는 아버지의 얼굴을 선명하게 떠올릴 수가 없다. 어머니의 얼굴을 떠올려 본다. 어머니와 아버지, 엄마와 아빠. 당신들의 이름을 불러보고 가만히 머릿속에 떠오르는 모습을 바라본다.

어머니. 나의 어린 조카를 안고 행복하게 노래 부르는 당신, 힐머니가 떠나던 날 달처럼 휘어진 눈썹을 하고 슬프게 울던 당신, 하얗게 질린 얼굴로 응급실에 찾아와 커다란 눈물방울을 뚝뚝 흘리던 당신, 세상에서 가장 기쁜 소식을 들은 사람처럼 즐겁게 웃던 날들과 실망과 분노가 섞인 날들의 당신까지. 엄마의 지난 얼굴들을 떠올리는 것은 어렵지 않다. 아버지 역시 늘 그곳에 있었을 텐데 나는 도무지 그의 얼굴이 기억나지 않는다. 그의 젊은 시절 얼굴들이.

여전히 어떠한 감각으로 남아있는 장면들. 퇴근한 아버지가 현관문을 열면, 동생과 나는 현관까지 전속력으로 달려가 그에게 안긴다. 아버지에 대한 가장 오래된 기억 중 하나다. 귀가한 아버지에게 달려가 안기는 것은 동생과 나, 아버지 사이에서 어느새 하나의 의식 같은 것이 되었는데 언제 멈추었는지는 모르겠다. 처음엔 몇 걸음 달려가 안기던 것이 조금씩 변형되고 발전되어 리허설이 필요한 지경에 이르렀다. 방문을 양다리로 타고 올라가 문틀에 매달려있다가 아버지가 현관문을 열면 그것을 신호로 우리는 미끄러지듯 내려와 그가 있는 쪽으로 있는 힘껏 달려갔다. 문틀에 오랫동안 매달려있기 위해 동생과 함께 오랜 시간 공을 들였다. 필요 이상으로 푹신하던 적갈색의 낡은 소파에서는 가죽 냄새와 함께 엄마의 화장품 냄새가 섞여 났다. 박공지붕의 높다란 천장과 집안을 가득 채우며 울리던 어딘지 모르게 무섭던 괘종시계, 맨발에 닿던 마룻바닥의 차가운 감촉들까지 선명하게 떠올릴 수 있지만, 어쩐지 그 기억 속 아버지의 얼굴만은 도무지 떠올릴 수가 없다.

아버지는 늘 바쁜 사람이었는데, 그에 대한 형상은 주변인들의 증언을 바탕으로 완성되었다. 주로 어머니가 우리에게 들려주는 이야기로 빚어진 그의 모습은 입 밖으로 내놓은 말은 철저하게 지키고, 한 가지 일에 몰두하면 끝을 보고야 마는 외골수 같은 사람이 되기도 했다가, 타인을 위해 기꺼이 희생하는 영웅이 되기도 했고, 평생 한 사람만을 바라보는 순수한 로맨티시스트가 되기도 했다.

굴곡진 시간을 견디고, 우리는 마침내 같은 동네
에 자리를 잡았다. 지난 몇 년 동안 다시 알게 된
아버지는 내가 생각하던 것과는 많이 다른 사람이
었다. 엄마와 할머니, 지인들이 들려주는 이야기
의 주인공은 그들이 본 아버지의 조각들일 뿐. 나
는 덕분에 아버지를 완벽하게 오해하고 있었다.
그에 대해 잘 모르고 있었다고 하는 것이 맞겠다.
사소한 일들로 부딪히고, 기대와 실망이 한순간
절망으로 다가와 서로에게 상처가 되기를 반복하
는 날들이 이어졌다. 나와는 결이 맞지 않는 사람
이라고 여겼다. 생각해 보면 내가 그를 잘 모르기
때문에 생기는 다툼들이었다. 아버지의 실망한 얼
굴이나 화가 난 듯 경직된 얼굴을 떠올리기 싫어
그의 젊은 시절 얼굴들을 의식적으로 지워왔던 것
인지도 모른다.

아버지를 바라보는 시선이 바뀐 것은 몇 해 전
동생이 한 말 때문이었다. 예전보다 느려지시고

그런 게 마음이 좀 안 좋더라는 동생의 말을 듣고, 그 말에 속도를 맞춰 바라보니, 과연 동생의 말이 맞았다. 늘 강하고 엄한 아버지였기에 내 기준에서 옳지 않다고 생각하면 맞서 싸우려고만 했었는데, 어쩌면 아버지의 투정을 오해하고 있었던 것인지도 모른다. 오랜만에 다시 본 아버지의 얼굴이 너무도 달라져 있어 나는 적잖이 충격을 받았다. 윗입술이 얇아지는 것은 노화의 신호라는 것도 검색을 하고 나서야 알았다.

한때는 눈에 다 담을 수 없을 만큼 색으로 선명하던 기억들이, 선이 되었다가 한순간에 점이 되어, 한 번의 연약한 깜빡임만으로도 사방으로 덧없이 흩어지고야 만다. 영영 사라질 것처럼. 이곳에 있는데도 순간, 아득해지는 기분. 모든 것이 예전 같지 않다. 매일 무언가 하지 않으면 불안했기 때문에 쫓기듯 자신을 재촉하던 날들. 균형이 깨져 삐걱대는 하루들은 언젠가 반드시 부러지고야 만다. 누구에게도 의지할 수 없는 것들. 최근 몇

년 동안은 『셀린&엘라』작업을 하며 하루를 보내고 있다. 하루 최소 분량은 두 페이시. 최소 분량을 채우고 나서도 시간이 남으면 저녁을 먹기 전까지는 계속 그린다. 매시간에 한 번씩 멍하니 앉아 쓸데없는 것들을 상상하거나 집안을 서성이며 나를 돌보고 살리는 동물들과 식물들을 살피고 안부를 묻기도 하면서. 나는 언제까지 이 일을 할 수 있을까.

아버지 역시 쉬어도 쉬는 것 같지 않은 기분으로 하루를 보냈을까. 아니, 어쩌면 단 한 순간도 그런 마음을 품어본 적이 없을지도 모른다. 아버지는 무언가에 몰두하면 쉽게 빠져나오지 않는 사람이기에, 프로젝트를 끝낼 때까지 힘들다는 생각은 조금도 하지 않았을 것이다. 이것은 다른 누군가에게 들어서 아는 것이 아니라 내가 목도한 것에 대한 증언이다. 대단해. 그런 점은 정말 대단하다고 생각한다. 진심으로. 쉬는 것을 잊은 사람에게 갑자기 주어진 휴식은 어떤 의미일까.

얼마 남지 않은 시간을 붙잡아 보려고 하루에도 몇 번씩 당신들의 하루를 좇는다. 언제고 무슨 일이 있으면 달려가 도울 수 있는 거리에서, 서로가 서로에게 상처가 되지 않을 만큼의 거리를 두고.

이곳으로 이사를 오고 나서야 우리는 적당한 거리를 찾았다. 부모와 자식으로서가 아니라 사람과 사람으로서. 적당히 넘어가는 법을 익히고, 서투른 표현들을 흘려보내면서, 당신들의 얼굴을 잊지 않으려 애쓴다.

이름 모를 나무들이 매일매일 색을 바꾸며 계절을 맞이하는 것을 바라본다. 예전에는 볼 수 없었던 것들. 늘 그곳에 있었을 것들. 옆방을 쓰고 있는 조쉬와도 같은 풍경을 나누고 있다. 끝도 없이 이어지는 풍경을 바라보고 있으면 우리는 언제든 먼 곳으로 갈 수 있다. 마음이 향하는 곳은 언제나 과거의 어떤 지점들이다. 미래에 대한 상념들은 자연스레 죽음으로 이어진다. 그런 마음들을 오랫동안 바라보는 것은 좋지 않다. 미래로 향하는 마

음들을 붙잡아 오늘로 데려온다. 여기로 내가, 우
리가 있는 곳으로.

ⓙ

눈이 오길 기다리며

모든 눈송이는 저마다 다른 형태를 하고 있다지만, 그런 눈을 바라보고 있을 때면 언제나 같은 마음이 된다. 온갖 소란스러운 것들이 덮이고, 모든 것이 한결 가까워진 기분. 대기 속에는 기대와 설렘만이 가득하다. 얼마나 더 많은 눈이 올까? 이 눈은 언제쯤 그칠까? 올해는 지난해 기록을 깰 수 있을까? 따뜻한 겨울옷을 겹겹이 껴입는다. 장갑을 끼고, 모자를 쓴 후 마지막으로 부츠를 신는다. 이 작은 의식을 마치면, 눈이 오던 모든 날들의 기억이 하나로 이어진다. 공중에서 춤을 추며 떨어지는 눈송이가 주변의 모든 분자를 흐트러뜨린 탓에 시간이 얼어붙어 버린 것인지도 모른다. 덕분에 나는 한순간에 다시 어린아이가 된다.

　잠에서 깬 채로 침대 위에 누워있다. 평소대로라면 이미 10분 전에 일어났어야 했다. 위층에서 들려오는 발소리에 귀를 기울인다. 부모님이다. 언제나 그렇듯 아침 일과로 분주하시다. 왜 깨우지 않으신 거지? 일어나지 않으면 스쿨버스를 놓친다는 걸 알고 계실 텐데. 창밖을 볼 수는 없지만 어쩐지 눈이 온 것만 같다. 내 방은 지하에 있다. 아주 작은 직사각형의 창문 하나가 천장 바로 아래에 붙어 있지만 창밖을 보는 것이 쉽지 않다. 물론 풍경을 보라고 만든 창은 아니다. 빛 때문인지도 모른다. 오늘은 평소보다 더 어둡다. 알람을 끈지 15분이 지났다. 이렇게 오랫동안 누워 있다 보면, 오늘은 일어나지 않아도 될 것만 같은 기분이 된다. 물론 이런 사고 과정은 전혀 논리적이지 않지만, 언제나 논리보다 희망에 마음이 더 기운다.

침대 위에 올라가 블라인드를 연다. 역시, 눈이다. 창밖에 쌓인 눈은 거의 1피트쯤 될 것 같다. 시야가 가려 창밖을 보는 것은 불가능하다. 눈 덮인 창 사이로 어렴풋이 비치는 푸른 빛. 기대감이 밀려온다.

'이런 날 아이들이 학교에 가는 건 위험하지!'
라고 생각한다.

멀리서 무언가를 긁는 소리가 크게 들려온다. 둔중한 금속이 도로를 반복적으로 긁으며 내는 소리. 이 소음은 지하에 있는 내 방을 온통 뒤흔들어 놓는다. 그것은 점점 커지다가 어느 순간 멈춘다. 성가신 '삐'소리가 연속적으로 들려온다. '삐삐삐'긁는 소리가 다시 시작된다. 크르르. 소리는 점점 멀어지다 마침내 아주 먼 곳으로 천천히 사라지다 슥슥 불안한 마음이 든다. 이 익숙한 소음은 제설차가 눈을 치우는 소리다. 눈 아래에 남아있을지도 모를 얼음을 녹이기 위해 트럭 뒤로 염화

칼슘이 쏟아진다. 눈과 얼음이 녹아 없어지면, 내 희망도 함께 녹는다. 내가 사는 곳은 가파른 언덕 위 심하게 굽이진 도로를 반드시 거쳐야만 드나들 수 있는 동네에 있다. 그 도로가 미끄럽다면 학교 수업은 취소될 것이다. 제설차가 우리 집까지 올 수 있다는 말은 여기까지 오는 그 도로 역시 제설 작업이 끝났다는 말이기도 하다.

허공에 흩어지는 사람들의 웃음소리가 웅성거리는 소리와 함께 간간이 들려온다. 차고 앞에서 안부를 묻는 사람들. 어떤 말을 하고 있는지 정확하게 들을 수는 없지만 동시에 무슨 말들이 오갔을지는 쉽게 짐작할 수 있다. 우습게도 그들의 대화는 언제나 이런 식이다.

"아이고, 눈 온 것 좀 봐요!"
"세상에 이게 말이 돼요?"
"내년 겨울에는 진짜 애리조나로 가고 맙니다!"

동네 아이들이 웃고 떠드는 소리가 들려오고, 나

의 희망도 다시 돌아온다. 아이들이 놀고 있는 것이 분명하다. 그들이 지금 밖에 있다는 건 학교가 취소 되었다는 말이다. 라디오를 켠다. 학교 수업이 취소되었는지 아닌지 알 수 있는 유일한 방법이다. 안내방송이 시작되고 지역별로 여러 학교의 이름이 차례차례 불린다.

취소.
취소.
취소.
12시 이후 수업 재개.

'잔인하군. 대체 이 학교들은 학생들한테 왜 이러는 거지?'
라고 생각한다.

취소.
다음은 우리 학교다.

취소.
그렇지!

침대 밖으로 뛰어나와 손에 잡히는 옷을 모조리 껴입는다. 족히 20분은 지났을 것이다. 부모님은 학교에 가지 않아도 된다는 걸 아시고, 내가 더 자고 싶을 거라 생각하셨나 보다. 위층으로 달려가 아빠의 겨울 재킷을 꺼내 입는다. 아빠의 옷은 내 옷보다 훨씬 크고 따뜻하다. 내가 입어도 크게 신경 쓰지 않으실 거다. 언제나 아빠의 옷이 내 옷보다 더 마음에 들었는데, 내 옷을 사느니 아빠의 옷을 잔뜩 사서 함께 입는 편이 좋을 거라 생각하고는 했다. 차고의 문을 열자 순백색의 눈이 내 눈을 한순간에 멀게 한다. 크게 숨을 들이쉬자 차가운 공기가 폐 속 깊숙한 곳까지 들어온다. 구름같은 숨을 내뱉는다. 눈가루가 빛을 받아 반짝인다.

이웃 중 몇은 삽을 들고 있었다. 대부분은 제설기를 사용해 눈을 치우고 있다. 나뭇가지는 솜털같이 부드러운 갓 내린 눈으로 덮여 있고, 나무 밑

동은 제설기에서 뿌려진 단단해진 눈으로 빽빽하게 덮여 있다. 차고 앞에 쌓인 눈을 치우는 데 모든 이웃들의 수고가 들어간다. 아빠는 제설기를, 나는 삽을 이용한다. 가능한 한 빨리 눈을 쓸고 싶지만, 기계를 이길 수는 없다. 뭐, 질 것이 뻔하지만 시도하는 것만으로도 재밌는 승부다.

"아빠! 아빠! 눈을 이쪽에 다 몰아줘요!"
아빠에게 말한다.
"뭐라고?!"
아빠가 묻는다. 제설기의 소음과 두툼한 귀마개에 가려져 소리들이 묻힌다.
"눈을 여기에 다 모아 달라고요!"

눈으로 요새를 만들 계획이다. 내 계획을 실행시키기 위해서는 아주 거대한 눈더미가 필요하다. 켜켜이 쌓인 눈의 무게가 눈을 더욱 단단하게 만들 것이고, 이렇게 하면 나중에 동굴을 파내는 게 더욱 쉬워질 테니까. 차고 앞에 쌓인 눈을 다 치우고 나면, 이웃집으로 가서 그들을 돕는다. 모두가 같은 마음으로 집 앞에 쌓인 눈을 함께 치운다.

각각의 집마다 그들만의 요새를 만들 수 있는 새로운 눈더미가 하나씩 생겼지만, 초대받지 않은 사람이 누구의 손길도 닿지 않은 집 앞의 눈더미를 건드리는 것은 상상도 할 수 없는 일이다. 제설차가 도로의 모든 눈을 골목 끝으로 모아 만든 거대한 눈더미 산이 있기 때문이다. 이 공간은 모두의 것이다. 동네 아이들이 보인다. 아이들은 작은 집 크기의 거대한 눈더미 산 위에서 서로를 밀치며 놀고 있다.

눈더미 산 위에서 할 수 있는 놀이들은 나날이 진화해갔다. 몇몇 아이들이 썰매를 타고 내려간 흔적이 있기는 했지만, 눈더미 산은 주로 '왕'을 뽑는 전쟁터로 쓰였다. 전쟁에 이기기 위해서는 눈더미 산의 꼭대기에 도달해야만 한다. 왕의 자리에 오래 머무를 수 있는 아이는 아무도 없었다. 그를 몰아내려고 달려드는 모든 아이들을 상대해야 했기 때문이다.

우리는 때때로 한 마음이 되어 거대한 터널을 만들기도 했다. 모두의 노력이 더해져 함께 무언가 만드는 일은 무척 즐거웠다. 아쉽게도 터널은 하루 이상—길어야 이틀—을 견디지 못했는데, 파괴를 즐기는 누군가가 반드시 나타났기 때문이다. 나라면 절대 그런 짓은 하지 않을 것이다. 누군가 파괴한 우리들의 프로젝트를 바라보는 것은 무척 슬픈 일이었다. 이 파괴자들은 아무런 잘못도 없는 눈사람들을 발로 차는 것과 같은 부류의 사람들이다.

어쩌다가 한 번씩 어른들도 이 놀이에 참여하고 싶어 했다. 어른들과 노는 것은 분위기를 더 좋게 만들기도 했는데, 다 큰 어른이 진심으로 즐거워하며 아이들과 함께 노는 것을 목격하는 것은 흔치 않은 일이기도 했고, 어른답지 않은 장면이기도 했기 때문이다. 어른들이 눈더미 산에서 아이든은 내던지는 모습은 먼리서 바라본다면 꽤나 우스꽝스러울 것이다. 호빗 한 무리가 거인을 무찌르기 위해 달려드는 모습처럼. 어른들은 우리를

봐주지 않았다. 그것은 전쟁이었다. 이 즐거움은
주로 어떤 어른들이 자신들의 '어른 본성'을 드러
내기 시작할 때 끝이 났다. 그들은 갑자기 더 나은
종류의 놀이를 제시하고, 더 괜찮은 디자인을 주
문하거나 더 효율적인 방법론 같은 것을 '우리가
더 좋아할 거라 생각'하고 제안하기 시작했다.

　혼돈을 틈타 어느새 질서가 찾아온다. 오직 평온
하게 쉴 수 있는 자리를 찾아 예측할 수 없는 방식
으로 마구 쏟아지는 눈을 바라보고 있자니 경외
심이 밀려온다. 하늘에서 유영하듯 내려오는 눈을
바라보고 있으면, 최면에 걸린 듯 과거의 어느 지
점으로 되돌아간다. 숨이 멎을 듯 익숙한 추위. 순
간 뭉근한 무언가가 마음을 가득 채운다. 때때로
나는 길 건너 이웃집의 차고 앞에서 눈을 치우다
우리 집을 돌아보는 상상을 한다. 반대편에서 바
라보는 집은 평소보다 더 멀어 보인다. 눈은 여전
히 빠르게 내리고 있다. 차고 앞은 금세 눈으로 다
시 덮일 것이다. 다른 동네를 돌고 돌아온 제설차

가 골목 어귀에 들어선다. 대문 사이로 보이는 주방에서 엄마가 아침 식사를 준비하고 있다. 터키 베이컨과 달걀. 나는 집으로 향한다. 눈으로 흠뻑 젖은 장비들을 문 앞에 모두 던져놓고, 아침을 먹기 위해. 눈이 오는 날이면 갓 내린 눈 사이를, 과거의 기억 어딘가를 서성이고 있는 나를 발견한다.

그게 다는 아니에요.

당신의 사랑은 어떤 모습을 하고 있는가.

『셀린&엘라; 문득 네 생각이 났어.』에는 눈사람
을 만드는 두 아이가 등장한다. 극을 여닫는 역할
을 하는 두 사람의 이야기는 『셀린&엘라』시리즈
를 통해 그리고 싶었던 가장 중요한 메시지 중 하
나를 담고 있다. 봄이 오면 녹아버릴 것이 분명한
눈사람을 함께 만드는 것. 그것은 글을 쓰고 그림
을 그리는 일, 책을 만드는 일과도 다르지 않다.
모든 형태가 있는 것이 그러하듯 우리가 만든 책

들 역시 언젠가 눈처럼 사라지고 말 것이다. 그렇다면 우리는 왜 글을 쓰고, 그림을 그리고, 사랑을 하는가.

책을 파는 행사에서 책을 소개하는 일은 언제나 양가적인 감정을 불러일으킨다. 어느 날의 기억은 스스로 단단해졌다고 생각한 마음을 기어이 뚫고 들어와 미세한 균열을 만들기도 한다.

두 사람이 테이블로 다가온다.

"아, 이 책. 그 행사에서 보고 샀는데, 알고 보니 레즈비언 이야기인 거야."
"아, 진짜?"
"좀 놀랐어."

그 후에 그들에게 무슨 말을 했더라.

'그게 다는 아니에요.'

라고 말했어야 했는데 나는 아무 말도 하지 못했다. 그들이 이 이야기를 '레즈비언 이야기'로 부르기로 했다면, 그렇게 부를 수도 있을 것이다. 그게 다는 아니지만.

이 정도는 웃어넘길 수 있는 일화에 불과하다. 동성이 사랑에 빠지는 이야기라는 말을 듣고 불쾌한 표정을 드러내며 책을 던지듯 내려놓고 떠나는 사람들도 있고,『셀린&엘라; 디어 마이 그래비티』 연계 행사에서 혹시 두 번째 이야기에서 서로 연애하거나 그런 건 아니죠? 그러면 안 되는데 라며 동성애로 가지 않도록 해달라고 당부하는 사람들도 있었다.

셀린과 엘라가 나를 바라본다. 문맥도 서사도 없이 내뱉는 말들을 혐오라고 부를 수 있을까. 혐오인 줄도 모르고, 그저 부르기 쉽게 줄여진 말들을 내가 미워해도 될까. 언제나 그렇듯 그런 뜻이 아니었다고 말하면 그만인 그 말들에 흔들릴 필요가 있을까. 다만 셀린과 엘라의 이야기를 제대로 전하지 못한 것 같아 자책감이 들 뿐이다. 나에게는 셀린, 엘라 두 사람에게 제대로 된 삶을 제공해야 할 책임이 있다. 이 말은 두 사람의 이야기가 무작정 해피엔딩이 될 것이라는 약속은 아니다. 두 사람이 많은 것을 경험하며 다방면으로 성장할 수 있는 이야기를 만들고 싶다. 그것이 해피엔딩이 될지 새드엔딩이 될지 알 수 없지만 이야기의 끝에서 두 사람이 앞으로 더 나아갈 수 있도록 서사 속 그들의 삶을 다지고, 공평한 기회를 주는 것이 내가 할 수 있는 최선일 것이다. 이야기는 이야기 안에만 머무는 것이 아니기에. 누군가에게는 셀린과 엘라의 이야기가 그들 삶의 돛이 될 수도 있을 것이다. 수많은 책과 음악이, 앞서 자신의 존재를 알리기 위해 투쟁한 사람들이 나에게 돛이 되어주었던 것처럼.

존재하지 않는 존재에 대한 혐오는 쉽게 용서받을 수 있을 거라 믿는 사람들, 자신들의 행동이 정당하다고 믿는 사람들의 무례함을 마주하고 그것은 괜찮지 않다고 말하는 것에서부터 많은 것들이 바뀔 수 있다고 믿는다. 소수자라고 해서 소수인 것은 아니다. 셀린과 엘라의 이야기는 픽션이지만 픽션이 아니다. 우리는 여기에 있다.

어떤 사랑의 모습은 긴 시간을 들여 투쟁해야만 얻을 수 있다. '아니면 말고. 생각이 다른 사람들을 설득할 필요는 없어. 그냥 그렇게 살라고 해.'라는 태도로 대부분의 시간을 무심하게 보내왔지만 내가 틀렸다. 사랑과 혐오 둘 중 사랑이 더 힘이 세다고 생각했지만, 그것 역시 내가 틀렸다. 사랑은 기대보다 힘들고, 혐오는 매혹적이다. 누군가를 미워하고 증오하는 마음은 아주 손쉽게 당신을 사로잡을 수 있다. 누군가의 사랑을 조롱하는 혐오의 얼굴은 매우 폭력적이다. 흉포한 말들에 내몰려 스스로 죽음을 선택한 이들을 생각한다. 다만 사랑했을 뿐인 사람들을. 다만 자신으로 존재했을 뿐인 사람들을. 당신의 사랑이 어떠한 모습을 하고 있든 그것은 존중받아야 한다.

동성의 친구가 사랑에 빠지는 이야기. 그 사랑의 기저에는 서로를 깊게 이해하고 공감하며 아끼는 마음이 있다. 누구에게도 마음을 열지 못하는 사람. '삶은 그저 한없이 침잠하는 바위와 같아서 살아있어도 살아있는 것처럼 느껴지지 않는' 두 사람이 같은 결의 사람이라는 것을 알아보고 사랑에 빠지는 이야기. 그들의 사랑은 매우 자연스러운 것이다.

나는 범성애자이다. 누군가의 성별이나 성 정체성과 상관없이 그 사람이 좋아서 사랑을 느끼는 사람을 말한다. 그 상대가 여성일 수도, 남성일 수도 혹은 논바이너리이거나 트랜스젠더일 수도 있는 것이다. 하지만 이 말은 누구에게나 다 성적 욕망을 느낀다는 것은 아니며, 나의 경우 모든 사람을 0인 상태로 두고 대할 뿐이다. 셀린의 정체성은 그렇게 시작되었다. 셀린과 엘라의 에피소드들은 나의 첫사랑이었던 여자친구와의 기억을 모티브로 삼았다.

셀린과 엘라 중 한 명이 남자였다면 『문득 네 생각이 났어.』에서의 마지막 시퀀스가 너무도 당연하고 자연스럽게 느껴지지 않았을까? 오히려 너무 느린 거 아니야 라고 할 만큼. 이것은 앞서 셀린이 〈드라이브인〉식당에서 일하는 장면과도 대조될 수 있다. 함께 일하는 남자 직원은 셀린과 어떤 정신적 교류나 접점이 없음에도 불구하고 일방적인 호감만으로 '어떠한' 행동을 감행한다. 이 작은 에피소드는 셀린이 엘라에게 호감을 느끼면서도 혹시나 엘라가 거부감을 느끼지 않을까 싶어 쉽게 다가설 수 없도록 만드는 장치가 된다. 호수 시퀀스에서 셀린은 잠이 든 엘라를 한참 동안 바라보고 있다. 키스를 하고 싶지만 망설일 수밖에 없는 셀린의 복잡한 감정과 긴장감 등을 드러내고 싶었던 장면이다. 『셀린&엘라』의 이야기는 로맨스에만 중점을 두고 있지 않다. 두 사람은 땅에 발을 딱 붙이고, 삶이 던져준 숙제들을 풀어가는 데 집중한다. 삶이 거칠고 고될수록 죽음 앞에서 분명한 것은 오직 사랑뿐이기에, 두 사람의 사랑은 필연적이다.

　동성애에 거부감을 드러내는 독자분들만 만난 것은 아니다. 『셸린&엘라』 시리즈가 자신들의 이야기 같았다고 말해주시는 분들, 책 속의 크립토그램을 해독해서 메일을 보내주시거나 메시지를 보내주시는 분들, 자신의 이야기를 편지로 써서 보내주시는 분들, 먼 곳까지 찾아와 기다리고 있으니 끝까지 만들어 달라고 응원해주시는 분들. 이분들 덕분에 계속 이야기를 이어갈, 살아갈 힘을 얻는다. 진심으로 고맙습니다.

　다시 처음의 질문으로 돌아가보자. 당신의 사랑은 어떤 모습을 하고 있는가. 우리는 왜 글을 쓰고, 그림을 그리고, 사랑을 하는가.
　우리는 모두 언젠가 반드시 죽을 것임으로 그 분명한 사실을 눈앞에 두고, 지금 사랑을 주저할 이유는 어디에도 없다. 이야기를, 책을 만들었던 그 마음과 시간만은 과거 속에 영원히 존재할 것이기 때문에 아니, 오직 그것만이 존재할 것이기 때문에 온 마음을 다해 이야기를 만들고, 책을 엮는다. 그것이 내가 생각하는 사랑이고, 사랑의 모습이다.

ⓙ

흰머리에 관한 오류와 진실

흰머리 한 가닥을 뽑으면, 그 자리에 두 가닥이 자란다는 말이 있다. 처음 그 이야기를 들었을 때, 나는 그게 사실이라고 믿었다. 처음 나에게 이 정보를 말해준 것은 부모님이었는데, 그때는 그게 진짜라고 믿었다. 부모님을 의심할 이유가 전혀 없기도 했고, 나와는 별 상관없는 일이었기에 크게 신경 쓰지 않았다. 다른 누군가-선생님이나 친척 중 누군가 혹은 학교 친구들- 역시 비슷한 말을 했던 것으로 기억한다. 무슨 까닭에서인지는 모르겠지만, 사람들은 이 '흰머리에 관한 오류'에 대해 이야기하는 것을 즐겼다.

이 명제가 사실이 아니라는 것을 깨닫는 데에는 오랜 시간이 걸리지 않았다. 머리카락 한 올을 뽑으면 두 가닥이 다시 자란다는 아이디어는 전혀 말이 되지 않는다. 이게 사실이라면 흰머리 한 가닥은 모든 탈모의 해결책이 될 것이다.

처음으로 나의 흰머리를 본 것은 중학생 때였다. 그 나이에는 그게 꽤나 멋진 일이라 생각해서 흰머리가 난 것이 재밌기도 했고, 흥미로웠다. 다른 군중들과는 다르게 당당하게 우뚝 서 있는 하얀 머리 한 가닥. 생각으로만 존재하던 것이 내 머리 위에 실제로 돋아난 것이다. 너무 어렸기에 백발이 될 거라는 걱정 같은 것은 전혀 하지 않았다. 그저 특별한 일이라고 생각했을 뿐이다. 친구는 그 밑에 분명 점이 있을 거라고 했다. 그런 흰 머리카락은 점에서부터 자라난다고. 다른 가설들만큼이나 그럴싸한 말이다.

첫 흰머리와는 빠르게 이별을 고했다. 다시 만나게 될 때까지 수년은 걸릴 것이다. 서른다섯을 넘

기자 꽤 많은 흰머리가 눈에 띄게 자라나기 시작했다. 아마도 나는 내 나이를 부정하고 있었던 것 같다. 흰머리를 모조리 뽑아 손바닥 위에 올려놓았다. 한때는 대담해 보이던 것이, 그토록 평범하기를 거부하던 것이, 그룹으로 한데 모아 놓고 보니 무척이나 편안해 보였다. 나는 그 녀석들을 모두 쓰레기통에 버렸다. 하루가 채 지나기도 전에 새로 난 흰 머리카락을 발견했다. 이번에는 망설이지 않고 뽑아 버렸다. 아주 자연스럽게.

거울 앞에 서서 가만히 나를 바라보았다. 천천히 층을 나눠 머리를 쓸어 넘겼다. 그러길 몇 차례 한참 동안 반복했다. 새카맣던 머리가 전체적으로 옅어진 것을 깨달았다. 반은 희고, 반은 갈색인 머리카락도 있었다. 나의 머리는 늘 새카만 흑색이었다. 엄밀하게 말하자면 매우 진한 흑갈색에 가깝다. 다른 누군가가 나의 인상착의를 묘사한다면, 누구라도 내 머리색을 검정이라고 말할 테지만.

한동안 색이 바랜 머리카락을 한 줌씩 뽑아내는 일에 매달리는 것이 나의 루틴이 되었다. 매일은 아니었지만, 며칠에 한 번씩. 그러던 것이 매일 하는 일이 되고, 곧 거울을 볼 때마다 하는 일이 되었다. 마침내 그러길 그만두었다. 다 뽑을 수 없을 정도로 흰머리가 늘어났기 때문이다. 사실 그럴만 한 의지를 잃은 것일 수도 있다. 아무도 나를 '백발'이라고 생각하진 않겠지만 가까이서 보면, 그 길로 가고 있음을 금방 눈치챌 것이다.

'대머리가 되는 시점'에 대한 역설이 떠올랐다. 만약 누군가 머리카락 한 올을 뽑았다면 그 사람은 대머리인가? 당연히 아니다. 누구나 매일 수백 개의 머리카락이 빠진다. 그렇다면 그 사람의 머리카락 한 올을 하나씩 계속 뽑는다면, 어떤 지점부터 그 사람을 대머리라고 부를 수 있겠는가? 백발이 되는 것에 대해서도 같은 질문을 할 수 있지 않을까?

흰머리를 뽑던 것을 멈춘 날들이 꽤 지나고 나

서야, 나는 비로소 나이가 들었다는 것을 받아들이게 되었다. 그러다 오래전에 들었던 그 말이 문득 떠올랐다. 그 오래된 '신화' 속에는 어느 정도의 아니, 꽤 많은 진실이 함축되어 있었다. 생물학적으로 말이 되느냐 하는 것과는 상관없는 일이었다. 그것은 경고가 아닌 조언에 가까웠다. 흰머리가 한 올 자라는 것을 발견하고, 흰 머리카락을 계속해서 발견하게 되었던 것처럼. 무언가에 마음이 쏠리는 순간, 그것들은 계속해서 자라나기 시작했다. 처음으로 돋아났던 흰머리는 앞으로 수많은 변화가 오고 있음을 알리는 단순한 지표에 불과했다.

얼마나 많은 흰머리가 자랄지, 그것들을 없앨지 하는 것은 중요하지 않다. 그것들은 있는 힘을 다해 다시 돋아날 것이다. 받아들이는 것 이외에는 다른 방법이 없다.

그 말은 결국 사실이었다. 흰머리 한 올을 뽑으면 두 개가 자란다는 그 말. 우리가 할 수 있는 것

은 다음 세대의 누군가에게 이 말을 전달하는 것,
오직 그뿐이다. 뭐, 염색을 하는 것도 하나의 방법
이 될 수 있겠지만.

ⓜ

생명이 지나간 것들을 보았다.

생명이 지나간 것들을 보았다. 한때는 생기로 가
득 차 살아 숨 쉬던 것들이 길가에, 책상 위에, 차
가운 철제 침대 위에 누워있었다. 여전히 보드랍
고, 연약한 모습 그대로. 한 번도 살아본 적 없는
얼굴을 하고 가만히.

어떤 기억들은 떠올리는 것만으로도 하루치의
혹은 며칠 동안의 에너지를 빼앗아 간다. 아니,
기억으로 남은 그들에게는 잘못이 없으니 '빼앗

아 간다'는 표현은 틀렸다. 이 챕터를 완성하는 동안 적확한 표현을 찾을 수 있을지 모르겠다. 어쩌면 평생 찾을 수 없을지도 모르겠다. 어떠한 말로도 당신이 지금 겪고 있는 그 상태를 다 담는 것은 불가능하기에 누군가는 시를 짓고, 이야기를 만들고, 그림을 그릴 것이다.

나는 그 무엇도 하고 싶지 않다. 진심으로.

아무것도 보이지 않는 적막한 방에 홀로 앉아 있다. 이곳은 지하인가. 거대한 극장인가. 시간도, 크기도, 그 어떠한 것도 가늠이 되지 않는 고요한 곳에 앉아 눈을 감는다. 곧이어 기억들이 제멋대로 영사되기 시작한다. 어떠한 장면들은 검정 사각 마스킹 테이프로 가려두어 볼 수 없다. 언제든 볼 수 있지만 보고 싶지 않은 것들. 괴롭기 때문인가. 그렇다. 나는 그 장면을 떠올리는 것이 그 어떠한 상처를 마주하는 것보다 더 고통스럽다. 하지만 그 고통에서 벗어나서는 안 된다. 그것은 내가 견뎌야 하는 것이므로. 나는 이 장면을 자주 꺼내보아 덤덤하게 만들어서는 안 된다.

 서울을 떠나는 일요일 마지막 심야 고속버스 안, 오래된 가죽 의자에 쓰러지듯 몸을 던지는 사람들. 습기를 가득 머금은 먼지 냄새가 곰팡이냄새와 뒤섞여 버스 안을 가득 채운다. 차고지를 벗어나 버스가 도로에 들어서면 차 안의 모든 불이 꺼진다. 도시 안의 사람들은 누구도 우리를 볼 수 없다. 우리는 이곳에 한 번도 존재하지 않았던 사람들처럼 서울을 빠져나온다.
 버스에서 내려 책을 가득 실은 캐리어를 끌고 낮은 언덕을 올라가다 깃털 뭉치를 보았다. 바닥에 짓눌린 작은 날개를. 나는 그것을 감히 똑바로 바라볼 수가 없어 텅 빈 눈을 한 채로 먼 곳을 바라봤다. 깨끗하고 보드라운 깃털. 여전히 온기가 남아있을 것만 같은 그것이 나를 자꾸 불러 세웠다. 이제는 이곳에 없는 작은 새를, 한때는 누군가의 가족이었을 작은 새를, 나는 있는 힘껏 못 본 척했다. 캐리어가 그 위를 구르지 않도록 가방을 몸쪽으로 당기면서….

지난 금요일은 엄마의 생일이었다. 그리고 그 주 월요일에 엄마는 엄마를 잃었다. 나의 할머니.

부고를 들은 그날은 별다른 이유 없이 유독 어지러웠는데, 전에는 단 한 번도 느껴본 적 없는 것이었다. 몇 번을 침대에서 일어나려 했지만, 천장이 낮게 내려앉았다 솟아오르기를 반복해서 일어나기를 그만두고 침대에 다시 누웠다. 대체 왜 이러는 거지. 이런 게 이석증이라는 건가. 눈을 감으면 감기약을 먹은 것처럼 몸이 한없이 땅으로 내려앉았다. 엄마에게 전화를 하니 한참동안 신호가 가다 이모가 전화를 받았다.

엄마는…할머니가 많이 안 좋으셔서 지금 마지막으로 인사를 하러 올라가셨어.

할머니와 나 사이에 이어져 있던 끈이 끊어져 버

렸다. 반대편에서 나를 단단하게 잡아주던 그가 영영 사라져 버린 것이다. 그 끈이 끊어지면서 나는 이 자리를 영원히 맴돌게 된 것일까. 그래서 이렇게 어지러운 것일까. 얼마 지나지 않아 엄마에게 전화가 왔다.

할머니가 돌아가셨어.

엄마는 울먹이고 있었다.

엄마는 괜찮아?

괜찮을 리가 없는데 나는 왜 이런 말을 하고 있는 것인가.

응, 장례식장이 정해지면 연락해줄게.

애써 담담하게 해야 할 일을 앞둔 사람의 목소리로 엄마는 울음을 삼켰다. 밀려오는 슬픔을 온전히 받아들일 시간도 없이 현실은 우리를 자꾸만 땅끝으로 끌어내렸다. 이모와 할머니가 다니던 성당에서 오신 분들이 할머니를 위해 연도를 하실 때마다 그 마음과 기도로 만들어지는 다리를 떠올렸다.

주님 아네스에게 자비를 베푸소서.
아네스에게 영원한 안식을 주소서.

마지막 인사를 나누는 순간에도 위령기도는 계속되었다. 영정사진을 앞에 두고, 상복을 입고, 주차권을 사러 가고, 조문객분들의 상을 차리면서도 할머니가 이곳에 없다는 사실이 어쩐지 먼 곳의 소식처럼 느껴졌었는데, 온화한 표정 그대로 차가운 철제 침대 위에 누워있는 아름다운 당신의 얼굴을 보고 나서야 당신이 이곳에 없다는 사실을 알게 되었다.

당신을 찾아뵌 지 너무 오래되어 당신이 이렇게

작아진 것도 오늘에서야 알았어요. 늦어서 미안해요. 할머니.

철제 침대 건너편에서 할머니의 두 딸이 울고 있다. 저렇게 슬픈 표정을 한 엄마를 본 적이 있었던가. 할머니가 단단하게 잡고 있던 그 끈 끝에 있었던 것은 내가 아니었다. 그것은 엄마. 그의 죽음으로 무너져 버린 것도 엄마다. 엄마가 나를 위해 잡고 있던 끈이, 그가 무너지며 잠시 느슨해져 휘청인 것이다. 빙빙 영원히 제자리를 맴돌게 되는 것은 엄마일까. 그 끊어진 끈을 내가 잡아줄 수 있을까.

니오가 나를 바라보고 있다.

　　　니오.

라고 부르면 그는 나를 향해 온다. 어김없이. 아주 멀리에서도. 하던 일을 멈추고 늘 나에게 온다.

오른손을 뻗어 그를 맞이한다. 손등에 부드러운 얼굴을 한참 동안 비벼대다 인사가 끝나면 자기 할 일을 찾아 자기가 있던 자리로 다시 가는 나의 니오.

부르면 오는 고양이는 흔치 않은데.
당연하지.
니오는 그냥 고양이가 아니니까.

그는 나의 아들, 고작 12살 어린아이다. 그의 보드라운 털의 감촉이, 고요하게 내뱉는 작은 숨이 여전히 생생하게 남아 있다. 병원 대기실에서 니오의 상태가 나아지길 기다리다 집에 가서 쉬고 다시 오라는 말에 우리는 집으로 향하는 길이었다. 니오는 그곳에 혼자 남아있고 싶어 하지 않았다. 집으로 데려왔어야 하는데 죽음의 문턱에서 몇 번이나 고비를 넘기고 다시 우리에게 돌아왔던 그를 그냥 데려올 수가 없었다. 그건 그의 죽음을 받아들이는 것이었으므로. 집에 도착하기도 전에 병원에서 다시 전화가 왔고 서둘러 다시 찾아간 곳의 수술대에 네가 있었다. 너를 아프게 하는 것들을 몸에 주렁주렁 달고. 얼마나 무서웠을까. 얼마나 외로웠을까.

니오.

내가 너를 부르자 너는 나를 바라봤다. 그리고 나는 네 눈에서 빛이 사라지는 것을 보았다. 마지막 인사를 하려고 기다려주었구나. 다시 올 거라고 믿으면서. 나는 너를 그곳에 두고 가지 말았어야 했는데 너를 품에 안고 보내줬어야 하는데 그러지 못했어. 미안해. 니오. 엄마가 미안해. 사랑해 니오. 사랑해.

할머니의 장례식장에서 연도 하는 사람들의 노래를 들으며 니오를 생각했다. 우리는 제대로 된 장례를 치러주지도 못했는데, 네가 길을 잃지 않고 빛을 잘 따라갔을까. 네 이름을 부를 때마다 네 이름을 떠올릴 때마다 너의 보드라운 몸이 손을 스치고 지나간 것 같은 기분이 든다. 너는 우리를 돌보느라 여전히 이곳에 남아있는 것일지도 모른다. 그렇다면 그건 그것대로 너무도 외로운 일일 텐데…

그 마지막 날의 기억은 지금 앉아있는 책상의 감촉만큼이나 생생하지만 자주 들여다볼 수 없다. 그의 죽음을 담담하게 받아들이는 것보다 더 큰 고통은 없을 것이기에.

ⓜ

나는 당신이 꿈을 꾸지 않았으면 좋겠습니다

영원히 잠든다는 것은 어떤 것인가요.
당신은 그곳에서 영원히 지속되는 꿈을 꿀까요.

나는 당신이 꿈을 꾸지 않았으면 좋겠습니다.
아니, 그것이 꿈이 아니길 간절히 기도합니다.
그 무엇보다 생생하게 손에 쥘 수 있고,
안을 수 있는 기쁨과 사랑만이 가득한 곳이기를.
슬픔은 모두 이곳에 두고 가세요, 할머니.

할아버지를 만나셨을까요.
할아버지는 참 오랫동안 당신을 기다리셨을 텐데.
헤어졌던 그날의 모습 그대로 다시 만나셨을까요.
해범 씨와 영애 씨

가장 아름답던 그 모습 그대로
가장 사랑했던 그 마음 그대로
함께 나란히 걸어가고 계실까요.

엄마는 제가 잘 모실게요.
너무 걱정하지 마세요.
할아버지 손 꼭 잡고, 길 잃지 마시고
빛을 따라가세요.

사랑해요 할머니

고통은 문득문득 생각지도 못한 순간에
찾아오겠지요, 어머니.

슬픔도 함께.
아마도 오랫동안 어쩌면 평생토록
매일 엄마의 엄마가 그립겠지요

우리가 여기에 있을게요. 언제든,
언제 까지든,
당신이 무너질 것 같을 때
거기에 있을게요

(j)

눈물

처음으로 울었던 가장 오래된 기억은 집 앞 공원으로 향하는 내리막길에서였다. 내리막길은 평지보다 더 쉽고, 빠르게 달릴 수 있지만, 그 작은 변화 덕분에 몸의 균형 역시 매우 쉽게 깨져 버린다. 어린아이였던 나는 많은 아이들이 으레 그렇듯 바닥에 그대로 곤두박질쳤다. 겨우 아물어가던 무릎의 살갗이 다시 벌어졌다. 새롭게 상처가 난 자리는 알 수 없는 진액과 피, 바닥에서 구르던 작은 돌들로 한데 뒤엉켜있었다. 끔찍한 통증과 함께 눈물이 쏟아졌다. 매우 자연스럽고, 당연한 일이었다. 앞을 볼 수 없을 정도로 눈물이 차올랐다.

무릎에는 밝게 빛나는 흐릿한 사과 한 덩이가 툭 튀어나와 있었다. 통증 같은 것은 사실 기억나지 않지만, 한참을 울었던 것과 아버지가 하셨던 말씀만은 아직도 기억에 남아있다. "별일 아니야. 괜찮다.", "터프가이는 울지 않아." 나는 이겨내야 한다. 이 말은 만병통치약이었다. 그저 울고 앉아만 있을 것인가, 훌훌 털고 일어날 것인가. 이날의 기억이 내 인생에 지대한 영향을 끼친 것이 틀림없다. 적어도 울음과 눈물에 관해서라면. 눈물은 약한 것이다. '울보'라는 말은 욕이고, 통증의 크기가 어떻든지 간에 눈물을 흘리는 것은 치욕스러운 것이다. 수치스러운 일이며, 잘못된 행동이다. 울음을 터트리면 원인을 차치하고 조롱받게 될 것이다. 모든 것은 곧 괜찮아질 것이다. 괜찮지 않은 일이 벌어질 때까지는.

때때로 울어도 괜찮은 순간들이 찾아왔다. 이 말을 듣는 것은 매우 생경한 일이어서 인지 부조화를 일으키고는 했는데, 믿어 의심치 않는 '우는 것은 절대 괜찮지 않다'라는 문장에 상충하기 때문이다. 울어도 괜찮은 순간들은 늘 슬픔에 붙어 있었다. 혹은 양파의 곁에 있거나.

슬픔 역시 그것만이 지닌 규칙 같은 것이 있었는데, 얼마나 큰 슬픔이냐에 따라 눈물의 양도 결정되는 그런 식의 것이었다. 이 규칙 아닌 규칙은 주로 당사자가 아닌 타인들에 의해 정해지고는 했다. 하지만 타인이 겪는 슬픔의 크기를 과연 누가 정할 수 있다는 말인가?

세상을 떠난 사람에 대해 누군가 하는 말을 들었다. 나이 많은 누군가의 죽음이 그 보다 어린 나이에 유명을 달리한 누군가의 죽음보다 쉽게 받아들여져야 한다는 말을, 슬픔의 크기 역시 작아도 될 것처럼 말하는 사람들의 말을 들었다. 누군가 감정에 복받쳐 우는 그 울음의 무게를 나로서는 온전히 이해할 수 없을 것이다. 통증으로 인한 울음은, 단순하기에 쉽사리 이해할 수 있지만 감정은 더 복잡하고, 이해하기 어려우며 여러 층위의 다양한 이야기들을 내포하고 있다. 눈물은 무엇이 되었든, 눈물이다. 나로서는 그것을 달리 정의할 수 없다. 울음은 울음일 뿐, 원인은 중요하지 않다. 결과적으로 타인의 눈으로 본 그 모습은 모두 같은 것이다. 적어도 과거의 나는 그렇게 믿었다.

초등학교 3학년 수업 시간, 누군가 교실 문을 두드렸다. 담임 선생님이신 브라운 선생님께서 문을 열자 교장 선생님께서 교실 밖에 서 계셨다. 늘 그렇듯 엄한 표정을 하고 계셨지만, 그날은 다른 날보다 조금 누그러진 표정이었던 것으로 기억한다. 교장 선생님의 눈에는 어쩐지 안쓰러움이 가득했다. 두 분은 무슨 말씀을 나누시더니 동시에 나를 바라보셨다. 교실 안은 조용했다. "조쉬." 브라운 선생님께서 나에게 짐을 챙기라고 하셨다. 교실 안을 둘러보지 않았지만, 모두가 나를 보고 있는 것을 느꼈다. 아마도 친구들의 가장 큰 걱정거리는 과연 내가 쉬는 시간 전까지 돌아와 그들과 술래잡기를 할 수 있을지의 여부뿐일 것이다.

수업 중에 학교를 나서는 것은 초등학생에게는 굉장히 드물고, 비정상적인 일이었다. 어쩐지 조금 특별한 사람이 된 것 같아 흥분되기도 했지만, 한편으로는 걱정이 밀려왔다. 수업 중에 불려 나가는 것이 좋은 일 때문일 리 없으니까.

이상하리만치 고요하고 스산한 복도를 교장 선생님의 속도에 맞춰 빠르게 걸었다. 교장실에는 아빠가 와있었다. 그는 나에게 인사하고, 교장 선생님께 감사의 말씀을 전했다. 우리는 차로 걸어갔다. 엄마가 있는 곳으로. 엄마는 조수석에 앉아 있었다. 조각상처럼 딱딱하게 굳은 채로. 무언가 단단히 잘못된 것이 분명하다. 뒷좌석에 앉으며 그제야 부모님의 눈에 눈물이 고여있다는 것을 깨달았다. 무슨 말을 해야 할지, 무엇을 어떻게 해야 할지 몰라서 나는 그저 가만히 앉아 있었다. 엄마가 우는 것은 많이 봤지만, 아빠의 눈물을 본 것은 내가 기억하기로 인생에서 고작 두어 번 정도인데, 이날이 바로 그중 하루였다. 나는 아무 말도 하지 않았다. 무슨 일이 있었는지 묻고 싶지 않았다. 상황을 더 악화시킬 것 같았기 때문이다. 집으로 가는 동안 어쩐지 잘못된 행동을 하는 것 같았지만, 설명할 수 없는 미소가 얼굴에 가득 번져왔다. 햇살이 부서지는 몹시 아름다운 날이었다. 차안의 분위기는 사뭇 달랐지만. 수업이 한창인 학교 밖 세상은, 평행우주 속 다른 차원 같았다. 나는 밖에서 안을 바라보고 있다. 마침내 부모님께서 말씀하셨다.

"조쉬, 할아버지가 아침에 돌아가셨어."
"아..."
라고 말했던 것 같다.

할아버지는 잠이 드셨고, 깨어나지 못하셨다. 그렇게 갑자기, 아무런 마음의 준비 없이.

우리는 슬픔에 잠긴 채 두 시간 남짓한 시간 동안 차를 몰아 할머니의 집에 도착했다. 모두가 와 있었다. 다들 침울한 표정이었다. 몇몇은 소리 내

울고 있었다. 그 와중에도 나를 본 친척들이 반가
운 듯 미소 지으며 안부를 물었다. 어떻게 지내는
지, 학교생활은 어떤지, 내가 얼마나 컸는지, 그
런 평범하고 일상적인 것들을. 이 상황을 어떻
게 받아들여야 할지 몰랐다. 친척들 사이에 있으
면 항상 수줍은 마음이 들었다. 부모님은 그런 나
를 먼저 가서 인사를 건네라며, 그들 틈으로 떠밀
고는 하셨다. 할머니의 집은 내가 본 중 가장 붐볐
다. 어른들끼리 하는 말이 들려왔다. 지하실 소파
에 누워 잠든 할아버지를 가장 먼저 발견한 것은
할머니였다. 할머니는 지금 주방 식탁에 앉아 계
신다. 충격을 받으신 채로. 여전히 믿을 수 없다는
얼굴로.

"그렇게 건강하시던 분이…"
누군가가 혼잣말처럼 하는 말을 들었다.

삼촌은 할머니의 어깨를 감싸 안고 있었다. 주위
를 둘러보니 한 번도 본 적 없는 사람들도 와있었

다. 나는 무엇을 해야 할지 어디로 가야 할지 몰라서 그곳에 우두커니 그냥 서 있었다.

　장례식은 곧바로 치러졌다. 살아있지 않은 사람의 몸을 본 것은 그때가 처음이었다. 더는 그곳에 있고 싶지 않았다. 할아버지에게 마지막 인사를 해야 하는 시간이 왔을 때, 부모님은 나에게 무엇을 해야 할지 차근차근 말씀해주셨다. "조쉬, 그냥 잠들어 계시는 것처럼 보일 거야." 그 말은 사실이었다. 할아버지의 얼굴을 바라볼 수가 없어서 눈을 돌렸다. 영원히 잠드셨다는 말은 할아버지를 볼 수 있는 마지막이라는 말이고, 그것을 받아들이기에 나는 너무 어렸다. 할아버지의 손을 잡았다. 딱딱하게 굳어진 손은 더 이상 손처럼 느껴지지 않았다. 할아버지의 손을 놓았다. 그가 언제든 다시 눈을 뜰 것만 같다는 바보 같은 생각을 했다. 언제라도 다시 일어나 앉으시거나, 관을 걸어 나오시지 않을까 하는 그런 바보 같은 생각을. 할아버지의 곁에 서 있던 것은 찰나였지만 아주 오랫동안 그곳에 있었던 것처럼 느껴졌다.

그때였다, 울어도 괜찮다는 말을 들은 것은. 하지만 나는 울 수가 없었다. 어째서인지 울어서는 안 될 것만 같았다. 그것은 여전히 괜찮지 않은 일이었다.

ⓜ

미래

나는 더 이상 미래를 기다리지 않습니다 미래에서
만나자는 약속도 더 이상 믿지 않습니다 미래는
오지 않는다는 것을 아니 내가 기다리는 미래는
오지 않는다는 것을 알고 있습니다 나의 미래는
시간을 돌려 젊어진 우리가 모두 같은 얼굴을 하고
걱정 없이 웃는 것입니다.

그런 일은 일어나지 않을 것입니다.

우리의 시간은 한순간도 놓치지 않고 착실하게

우리를
죽이도록
설계되어 있으니까요
그것은 아주 오래전부터
그렇게 되도록 정해져 있었던 것이니까요.

붙잡고 싶어서,
느릿느릿

소용없는 짓이라는 것을 알면서도

느릿느릿

그리고

나는

씁니다

느릿느릿

쓰고 그리고

시간을 붙잡아 보겠다고

아무짝에도 쓸모없는 하루를 사느라

당신들의 오늘을 자꾸만 놓치고야 맙니다

ⓙ ⓜ

시간

　모두가 자신들만의 우주를 여행한다. 각자의 배
를 타고, 저마다 다른 삶의 궤적을, 각자의 속도
로. 여러 곳을 항해하며, 수많은 목적지를 지나치
며, 매일 새로운 경험과 기억을 제공받는다.

　지금 몇 시지?
　아침에 일어나 가장 먼저 하는 말이자 온종일 스
스로 묻는 말이다. 시간이 얼마나 있지? 마감은

언제지? 몇 시에 출발해야 하지? 하는 것들.

우리의 생체시계는 당신이 좋든 싫든, 동의하든 동의하지 않든 태어난 순간부터 쉬지 않고 움직이기 시작한다. 매분, 매일, 매년을 알리는 숫자들. 다시는 가질 수 없는 지나간 시간들. 모두에게 익숙한 이 시간을 우리는 언제든 잃을 수도, 낭비할 수도, 소중하게 여길 수도, 영영 잊을 수도 있다.

정해진 시간에 서류 가방을 내려놓는 사람에게 상금을 주는 TV 쇼가 있었다. 게임의 규칙은 단순하다. 정확히 한 시간이 되었을 때 서류 가방을 내려놓기만 하면 되는 것이다. 다만 시계를 볼 수 없고, 직감만으로 한 시간이 지났다는 것을 결정해야 한다. 정확하게 한 시간이 아니더라도, 60분에 가장 근사한 사람이 승자가 되는 게임이다. 참여자들은 다른 사람들이 어떠한 선택을 하는지 볼 수 있다. 한 시간쯤 걸리는 거리를 운전하던 때를 상상하는 사람, 초를 세는 사람. 모두 다른 방식으로 시간이 얼마나 흘렀는지를 가늠한다.

아침에 일어나 출근을 준비하는 데 걸리는 시간은 15분. 커피를 만드는 데 걸리는 시간은 5분. 버스 정류장까지 13분. 운이 좋아 버스와 기차 시간이 맞으면 사무실에 도착하는 데까지 한 시간 반, 그게 아니라면 두 시간 정도가 걸릴 것이다. 하지만 정확하게 60초를 세어 보라고 한다면, 얼마나 정확하게 맞힐 수 있을지는 모르겠다. 60초를 60번 정확하게 셀 수 있다면, 한 시간에 가깝게 갈 수도 있을 것이다. TV 쇼에 참여한 사람들은 놀랍게도 매우 다른 타이밍에 서류 가방을 내려놓았다. 심지어 20분도 채 지나지 않아 서류 가방을 내려놓는 이도 있었다.

〈백 투 더 퓨처 Back to the future (1985)〉 시리즈는 내가 가장 좋아하는 영화 중 하나다. 시간여행에 관한 영화들은 언제나 매력적이다. 과거로 가는 목적은 언제나 분명해 보이는데, 늘 두 가지 이유 중 하나다. 누군가를 구하러 가거나 경제적 이윤을 얻기 위해서. 무엇이 되었든지 간에 과거로 가는 사람들은 중요한 정보나 이야기 혹은 경험을 가지고 간다. 과거 속에 있는 이들은 전혀 알 수 없는 것들을. 만약 나에게 과거로 돌아갈 기회가 주어진다면, 돌아갈 것인가? 물론이다. 하지만 신중하게 생각해야 한다. 지금의 당신은 완전히 사라질 수도 있으니까. 이 모든 것을 다시 겪어야 한다고 생각하면 정신이 아찔해진다.

과거로 돌아갈 수 있다면, 시간을 멈출 수도 있을까? 말도 안 되는 생각이라고 할 수도 있겠지만, 이런 일은 생각외로 현실에서 종종 일어나기도 한다.

우주비행사를 생각해보자. 우주비행을 마치고 돌아온 비행사는 그가 남기고 간 세상과는 매우 다른 시공간으로 돌아오게 된다. 우주선에 탑승하는 순간부터 그의 시간은, 지구에서 일어나는 모든 역사적인 사건들에서 벗어나 그곳에 멈추게 되는 것이다. 그는 지구의 미래로 돌아오게 된다. 지구에 남아있던 우리들은 과거에서 온 누군가와 조우하는 경험을 하게 될 수도 있는 것이다.

고백하자면, 나는 마티 맥플라이가 부러울지언정 우주비행사는 전혀 부럽지 않다. 지구를 떠나 있는 시간 동안 당신이 놓친 모든 것을 생각하면, 당신이 진정으로 원하는 것은 이런 게 아닐 것이다. 적어도 내가 원하는 것은 아니다.

어떤 지역은 다른 곳보다 훨씬 빠른 속도로 앞으로 나아간다. 이러한 차이는 자연스럽게 한 곳을 과거에 매인 공간으로 만들어 버린다. 아주 느리게 호흡하는 시간의 주머니 속에 갇혀버린 것처럼. 당신은 언제든 그곳을 떠날 수도, 그곳에 머무를 수도 있다. 얼마나 먼 곳으로 가든 언제나 익숙한 그곳으로, 과거 속에 갇혀 아주 천천히 숨 쉬고 있는 그곳으로 돌아갈 수 있다. 우리가 한때 집이라고 부르던 곳으로. 과거와 함께 머무르기로 다짐한 사람들 역시 그곳에 있다. 나는 그 사이에서 길을 잃는다. 공간이 호흡하는 속도와는 다르게 우리는 빠르게 침식한다. 별다른 도리가 없다는 것을 깨닫는 순간, 전화가 울린다.

"재검 요망."

돌아갈 수 없는 그 특정한 순간을, 영원히 다시 살 수만 있다면. 남은 생애를 다 소모한다고 해도, 그렇게 할 수만 있다면 나는 그 순간으로 다시 돌아갈 것이다. 그리고 그 순간만을 영원히 살 것이다.

하지만 그런 일은 일어나지 않는다.

멈추지 않는 시간 여행 속에서 당신과 나는 우연히 서로를 지나치게 된다. 우리는 이내 각자의 시간 속으로 걸어 나가야만 한다. 홀로. 각자의 우주 속으로. 하지만 당신과 내가 함께한 그 시간만은 언제까지고 당신과 나만의 것으로 기억될 것이다.
그리고 나는 영원히 그 순간만을 살 것이다. 나는 오로지 그 순간 속에서만 영원할 것이다.

ⓙ

로드트립

아마도 열 살쯤이었던 것 같다. 우리 가족은 여행을 무척 많이 다녔다. 어림잡아 미국의 반 이상은 돌아봤을 것이다. 정확히 어디로, 몇 번의 여행을 다녀왔다고 말할 수는 없지만 어떤 기억들은 여전히 생생하게 남아있다.

한 번 여행을 떠날 때마다 열에서 스무 개 남짓한 주를 거치는 것은 매우 흔한 일이었다. 당시에는 당연히 인터넷 같은 것도 존재하지 않았고, 핸드폰도 없던 시절이었다. 말할 것도 없이 1분이

한 시간처럼 느껴졌다. 어린아이였던 나에게는 더더욱 몇 시간이 며칠처럼 느껴지던 때였다. 내비게이션도 없던 때라 길을 잃는 것은 매우 당연한 일이었고, 우리는 길을 잃을 것까지 염두에 두고 계획을 짰다. 지금과 가장 다른 점 중 하나는 길을 잃고도 한참이 지나서야 길을 잃었다는 사실을 깨닫는다는 것이었다. 우리는 종종 낯선 도시의 표지판을 보고 길을 벗어났다는 것을 알게 되었는데, 기다리고 있는 도시의 표지판이 나오지 않는 반대의 경우도 마찬가지였다. 둘 중 어떤 경우든 마주치는 상황이 오면 차 안의 공기가 빠르게 바뀌었다. 스멀스멀 차오르는 불안한 감정들. 라디오를 끄고 모두가 있는 힘껏 집중을 한 채 창밖을 뚫어져라 바라본다. 기적적으로 우리의 실수를 만회하기라도 할 것처럼. 그렇게 한참을 달려가다 보면 또 다른 도시가 나오고, 그곳에서 경로를 수정한 후에야 간신히 가야 할 길을 찾을 수 있었다.

길을 잃었을 때, 당신이 어디에 있는지 알 수 있

는 가장 쉬운 방법은 차를 세우고 누군가에게 물어보는 것이다. 안타깝게도 길을 묻는 것은 일종의 터부 같은 것이었는데, 그것이 왜 터부였는지는 모르겠다. 내 기억이 맞는다면 늘 이런 식이었다.

엄마가 아빠에게 차를 세우고 사람들에게 길을 물어보라고 한다. 아빠는 당연히 그 부탁을 거절한다. 그리고 그는 계속 운전을 한다. 목적 없이 같은 곳을 돌고 또 돈다. 마치 그러다 보면 길을 잃지 않은 것이 되기라도 할 것처럼. 시간이 한참 지나고 나서야 결국 어딘가에 차를 세운다. 보통은 주유소 같은 곳이다. 아빠가 헛기침을 하며 누군가에게 다가가 말을 건다. 그들은 조심스럽게 지도를 함께 살펴본다. 늘 그렇지만 "여기가 어디죠?"라고 물어보면 그에 대한 대답을 아주 쉽게 얻을 수 있다. 자신감에 가득 차서 차로 돌아오는 아빠를 바라본다. 겸연쩍은 듯 주위를 둘러보며 안도감 섞인 미소를 짓고 있는 아빠. 그는 차에 오르기 전에 우리에게 무엇이 문제였는지를 말해준

다.

　지역별 지도가 조수석 문 옆에 나란히 단정하게
꽂혀있다. 저게 바로 조수석 문 옆에 달린 이상한
모양새를 한 공간의 쓸모였나 보다. 우리는 각 주
의 새로운 주유소에 들를 때마다 제일 먼저 그 지
역의 지도를 샀다. 지도는 손안에 들어오는 매우
작은 크기로 완벽하게 접혔다. 막상 문제는 지도
를 읽을 때였다. 다 펼친 지도는 너무 커서 두 팔
을 활짝 벌린 채로 봐야만 했다. 차 안에서 운전하
며 이걸 읽고 있는 모습을 상상해 보라. 우리가 있
는 곳이 어딘지 알아내려고 커다란 지도를 살피
며, 밀려오는 좌절감과 짜증을 꾹꾹 눌러 삼키는
어색한 앞 좌석의 공기를. 지도의 크기를 좀 더 보
기 좋게 만들기 위해 가야 할 부근을 눈에 띄게 접
어 둔다. 원래 접혀있던 선 위에 다른 자국을 만들
기를 몇 번 반복하다 보면 원래의 모습처럼 지도
를 다시 접는 것은 포기해야만 했다.

　한때의 모습과 비스름하게 엉망으로 접힌 지도
들이 조수석 문 옆에 구겨진 채 빽빽하게 꽂혀있

다.

전국을 횡단할 때면 며칠 동안 운전을 해야 할 때도 있었다. 우리는 호텔에서 자는 것을 피하려고 늘 작은 캠퍼를 달고 다녔다. 익숙한 공간에서 잘 수 있다는 사실은 좋았지만, 덕분에 늘 천천히 운전해야 했고 캠퍼를 세우고 설치하는데 꽤 많은 시간이 들었다. 긴 시간 동안 지루해할 나를 위해 부모님이 개발한 한 가지 방법은 빨래 바구니 가득 선물을 준비하는 것이었다. 여행에 따라 다르긴 했지만 열 개에서 스물다섯 개 사이 정도의 소소한 선물들이었다.

이 말은 꼭 하고 넘어가야 하는데, 부모님은 내가 원하는 것들을 모두 사주시는 그런 분들이 절대 아니었다. 사고 싶은 것이 있으면 매주 용돈으로 받았던 5달러를 꾸준히 모아야만 했기에 이 선물들이 더욱더 특별하게 느껴졌다.

다양한 크기와 형태를 한 선물들은 모두 크리스마스 선물처럼 포장이 되어있었고, 매시간 오직 하나씩만 선택해 열어볼 수 있었다. 직사각형 모양으로 포장된, 흔들어보면 안이 조금 비어있는 듯한 것들은 틀림없이 초코바였다. 어렸을 때는 초코바 같은 것을 먹는 일이 흔치 않아서 그것들을 찾으면 뛸 듯이 기뻤다. 선물처럼 포장되어 있다는 사실 또한 그것을 더욱 특별한 것으로 만들어 줬다. 또 다른 선물 중에는 독특한 퍼즐이나 게임 같은 것도 있었다. 예를 들면, 나무로 만든 핸드메이드 퍼즐 같은 것이었는데, 그것들을 풀기 위해서는 꽤 머리를 써야 했다. 게임류 중에 가장 값비싼 선물은 닌텐도 게임보이였다. 포장이 단단하고 안이 가득 찬 선물일수록 좋은 것들이었다. 로드트립의 주가 되었던 선물은 게임보이의 게임들이었다. 게임팩은 가격이 비싸서 여행당 하나 정도만 받을 수 있었다. 선물은 모두 엄마가 직접 포장을 했다. 당연히 어떤 선물이 좋은지도 알고 계셨다. 때때로 내가 오랫동안 지겨워하지 않고 즐길만한 선물이 무엇인지 힌트를 주셨는데, 가끔 건전지 같은 것들을 장난삼아 끼워두고는 하셨다.

부모님과 오랜 시간을 함께 여행하고, 멋진 곳들을 다녀왔지만, 어째서인지 막상 다녀왔던 곳에 대한 기억은 잘 나지 않는다. 여행지에 대한 기억은 놀라울 정도로 흐릿하다. 뒷좌석에 앉아 선물의 포장을 열어보고, 길을 잃기도 하다가 쓸데없는 농담을 하며 도로를 달리던 그 순간들만이 여전히 생생하게 남아있을 뿐이다.

타코 튜즈데이

일 년 전의 화상통화 영상을 본다. 우리는 이미 영상의 결말을 알고 있다. 마음이 이토록 아픈 이유는 우리가 곧 알게 될 그 소식 때문이 아니라, 10분 남짓한 시간 동안 아들의 표정을 살피며 가벼운 농담들 속에 해야 할 말을 숨기고, 말을 꺼낼 적절한 순간을 가늠하는 조쉬의 부모님을 지켜보는 것이다. 마침내 조쉬의 아버지, 마이크가 마른 숨을 짧게 내쉰다.

"조쉬, 상의해야 할 게 있단다."

안 좋은 소식이라는 것을 직감한 조쉬의 얼굴에
불안과 염려가 섞인다.

"…무슨 일이에요?"
"네 엄마가 유방암에 걸렸다는구나. 아직 테스트
할 게 더 남았지만. 동네 병원에서 그러더구나. 다
음 주에 큰 병원으로 가서 2차 소견을 들을 생각
이란다."

참담한 표정으로 아내의 상태를 이야기하는 마
이크와 다르게 조쉬의 어머니 수는 정작 자신은
아무렇지도 않다는 듯 밝은 표정으로 두 사람을
안심시킨다.

"걱정할 거 없어. 흔한 일이니까. 크기도 작다고
했고."
"괜찮을 거예요, 엄마. 완쾌할 수 있어요."

"그래, 나도 그럴 생각이야."

　흔한 일이라고 하기에 치료는 혹독했다. 수술을 바로 할 수 있는 정도의 것이 아니어서 암의 크기를 최소화하기 위해 일 년 남짓한 시간을 온몸을 태우는 듯한 화학치료를 견뎌야만 했다. 화학치료를 마치면 입안이 온통 철을 씹은 듯 불쾌한 피 맛으로 가득 차 아무것도 먹을 수가 없었다. 화상통화 영상 속의 수는 매주 매시간이 다르게 작아지고 있었다. 사람이 이렇게 한순간에 작아질 수 있을까 싶어질 정도로.

　한없이 작아지는 부모님을 지켜보는 것은 두려운 일이다. 그것은 서둘러 어른이 되어야만 한다는 뜻이고, 누군가가 나를 그들의 보호자로 부르기 시작했을 때 무엇을 해야 할지 정확히 알고 있어야만 한다는 뜻이다. 아마 우리들의 부모 역시 한없이 작은 우리를 보며 같은 두려움을 느꼈을 것이다.

코로나가 심해지기 전까지 우리는 매년 조쉬의 부모님이 계시는 위노나에서 여름을 보냈다. 마지막으로 위노나에 다녀온 것은 2018년 여름, 벌써 4년 전의 일이다. 그곳이 문득문득 그립다. 방금 깎은 잔디의 냄새, 시나몬과 바닐라 그리고 버터 향이 가득한 주방의 냄새, 비를 머금은 나무의 물방울들이 햇볕을 받아 마를 때 나는 여름의 나른한 냄새 같은 것들이.

조쉬 부모님의 뒷마당에는 마이크와 수가 오랜 시간 정성으로 가꾼 아름다운 정원이 있다. 두 사람은 오후가 되면 그곳에 앉아 와인과 브랜디를 채운 얼음잔을 앞에 두고 도란도란 대화를 나눈다. 그 모습은 내가 생각하는 가장 이상적인 연인의 모습에 가깝다. 어떤 이야기든 나눌 수 있는 가장 친한 친구와 오랫동안 함께 나이 들어가는 것. 서로를 아끼고 돌보는 다정함 속에 애정이 마르지 않는 것.

우리는 소파 앞에 앉아 TV트레이를 펴놓고 헬

스 키친이나 쌍둥이 형제가 나와 집을 고쳐주는 프로그램 같은 것을 보며 함께 저녁을 먹었다. 바이킹스와 패커스의 경기가 있는 날이면 슈퍼볼 결승전만큼이나 분위기가 달아올라 음식을 먹는 일마저 까맣게 잊어버린다. 이번에도 애런 로저스는 그 자신만만한 미소로 바이킹스 팬들의 속을 뒤집어 놓을 것이다. 올해도 슈퍼볼에 가기는 힘들겠다는 것을 직감하지만 누구도 입 밖으로 그 말을 꺼내지 않는다. 이길 기미가 없는 후반전에 이르러서야 타코를 먹는 소리가 들린다.

아그작.

"음, 역시 하드쉘 타코가 최고야."
"나도 하드쉘이 좋은데 잘 부서져서 먹기 힘들어."
"이봐! 이렇게 속이 다 흘러나오잖아. 역시 그냥 토르티야에 싸 먹는 게 최고야."
누군가 하드쉘 타코를 먹는 일의 어려움에 대해

털어놓으면 다들 저마다 하드쉘 타코를 먹는 팁을 한두 개씩 꺼내 놓는다. 타코를 이렇게 들어 보세요 아니면 반으로 잘라 이렇게 납작하게 만들어 보세요. 타코를 어떻게 들어야 할지 어디서부터 먹어야 할지 머리 각도는 45도 정도로 같은 이야기를 하고 있을 때, 이렇게 하드쉘을 조각내서 속 재료를 다 섞어 타코 샐러드를 만들어 먹는 방법도 있지 같은 팁을 내놓는 것은 언제나 조쉬의 어머니다. 구아카몰레에 씨앗을 넣으면 오랫동안 색이 변하지 않는다는 팁을 말해준 것도.

구아카몰레의 색이 정말 변하지 않느냐고? 수가 만든 구아카몰레는 너무 맛있어서 색이 변할 때까지 남아나지 않아 그 효과를 눈으로 확인한 사람은 없지만 아마도 그럴 것이라고 생각한다. 아니, 그랬으면 좋겠다. 이미 다 으깨지고 부서져 최초의 형태를 상상할 수 없는 아보카도가 소금과 후추, 각종 시즈닝과 레몬즙으로 절여진 구아카몰레의 모습이 되어서도, 씨앗을 품고 있는 것만으로도 자신이 온전하다고 믿는 아보카도일 수 있다면, 나 역시 언제든 다시 온전해질 수 있을 것 같기 때문이다. 순진한 희망인 것을 알면서도. 그것을 눈으로 확인한 사람이 없다는 것을 알면서도. 믿고 싶은 것들.

『셀린&엘라; 문득 네 생각이 났어.』에 나오는 〈피쉬 파운더스〉는 〈모리스〉라는 생선가게를 모델로 했다. 미네소타 사람들은 여름휴가 시즌이 돌아오면 모두 북쪽으로 향한다. 대부분 호숫가로 피서를 가는 여행객들이다. 만 개의 호수를 품은 도시라는 별명을 가지고 있는 곳답게 한 블록을 지나면 호수가 있고 또 코너를 돌면 호수가 나올 만큼 곳곳에 호수가 있는 곳이지만, 이곳의 사람들은 아무것도 하지 않을지라도 일터에서 가장 먼 곳으로 떠나고 싶은 그런 마음으로 또 다른 호수를 찾아 매년 어마어마한 교통체증을 뚫고 먼 길을 달려 북쪽으로 가는 수고를 마다하지 않는다. 수와 마이크는 외삼촌 할아버지를 만나기 위해 매년 북쪽으로 향했다. 『다시 봄 그리고 벤』에 카메오로

등장하는 리오 할아버지를 만나기 위해서.

"너희 아버지가 제일 좋아하는 곳을 보게 될 거야."

수가 차 안에서 곤죽이 되어가는 우리를 보며 말했다.

"어딘데요?"
"보면 알아. 아주 멀리서도 알 수 있지."

피서 행렬로 가득 찬 도로를 5시간 동안 쉬지 않고 달려가 마주친 커다란 물고기. 이런 곳에 생선가게가 있을까 싶어질 정도로 아무것도 없는 고속도로 한편에 갑자기 등장한 모리스는 해산물을 먹지 않는 조쉬와 수에게도 반가운 곳이었다. 우리는 게맛살과 칵테일 소스, 절인 청어, 치즈와 크래커 등을 잔뜩 사서 본격적인 여행길에 오르기 전에 주차장에 앉아 게맛살과 절인 청어를 먹었다.

"음, 역시 모리스야. 맛있지 않니?"

　세상에서 가장 행복한 표정을 짓던 마이크. 절인 청어를 먹어본 것은 이때가 처음이었는데, 낯설었지만 제법 먹을만했다. 식초와 소금을 베이스로 한 전통적인 청어 절임과 더불어 크림소스와 함께 절인 청어, 파프리카 가루인지 토마토를 베이스로 한 절임 등 다양한 방식으로 절인 청어를 판매하고 있었다. 청어 절임은 주로 빵에 넣어 샌드위치로 먹거나 으깬 감자를 곁들여서 술안주 삼아 먹기도 한다고 들었다. 우리는 리오 할아버지께 드릴 다양한 종류의 청어 절임과 수가 직접 만든 라즈베리 잼을 트렁크에 가득 싣고 북쪽으로 향했다.

　리오 할아버지는 올해로 100세가 되셨다. 평생 비혼으로 지내셨지만 혼자는 아니었다. 할아버지의 곁에는 늘 친구들이 있었다. 인간 카피바라 같은 분이라고 하면 비슷할지도 모르겠다. 언제나

유쾌하고, 호기심이 가득한 리오 할아버지. 2, 30
년이나 젊은-이라고 해도 70대인- 조카들과 함
께 여전히 골프를 치시고, 어떤 상황에서도 위트
를 잃지 않으시며, 타인을 배려해주시는 분이다.
그를 닮고 싶다. 어쩌면 그는 카피바라보다 유니
콘에 가까울지도 모른다.

　나의 할머니 두 분은 모두 세상을 떠나시기 전
매우 쇠약해진 상태였다. 해사하게 웃던 할머니의
말간 얼굴을 알아볼 수 없을 정도로 아득해진 기
억 속에서 외로운 모습이었다. 그것이 나의 미래
일 것이라고 막연하게 생각했던 날들에 리오 할아
버지의 존재는 구아카몰레에 들어간 씨앗을 발견
한 것과도 같았다. 그 가능성만으로도 우리는 다
른 삶을, 다른 결말을 살 수 있을 것만 같은 기분.
할머니의 것도, 리오 할아버지 것도 아닌 온전히
우리만의 것인 어떤 미래가 기다리고 있을 것 같
은 기분이. 수와 마이크도, 나의 어머니와 아버지
도, 조쉬와 나도 그 누구의 것도 아닌 우리만의 미

래를 살 수 있을 것이다.

　우리는 막연한 두려움을 한 겹씩 벗겨내며 함께 걸어갈 것이다. 그럴 수 있을 것이다.

ⓜ ⓙ

작가의 말

글의 쓸모에 대해 한참을 생각했습니다. 그런 질문들은 곧 제 자신의 쓸모에 관한 질문으로 이어지고는 했습니다. 지난 작업물들은 모두 자연스럽게 다가온 이야기들이었습니다. 허구의 이야기 안에서만 온전해질 수 있는 이야기들을 만들어온 것은 저희의 세계를 흔든 이야기들이 주로 픽션이었기 때문입니다. 그림 뒤에, 끝맺지 않은 문장 뒤에 전하고 싶은 마음들을 놓아두고는 했습니다. 어떠한 문장 안에 마음을 다 담는다는 것은 불가능한 일처럼 느껴졌으니까요. 그것은 하나의 장면이거나 흐름 같은 것이어서 특정한 색과 형태로, 때로는 소리로 전해져야만 하는 것들이었습니다. 적어도 그렇게 생각했었지요. 말로 하는 것보다는 글이, 글보다는 장면으로 표현하는 것이 익숙한 사람들입니다만, 그림으로는 다 담지 못했던 마음들을 엮었습니다.

2013년부터 10년 동안 그림책과 그래픽 노블을 만들어 왔습니다. 10년이라고 하니 너무도 길고 방대한 시간 같지만, 그저 순간순간 점을 찍으며 그 방향으로 아주 천천히 걸어왔을 뿐입니다. 그만두고 싶다는 생각도 들었지만, 뭐든 십 년은 해봐야 한다는 말을 입버릇처럼 달고, 자신의 부족함을 시간이 채워주기라도 할 것처럼 미래의 나에게 기대고 싶은 마음으로 버텨왔던 것 같습니다. 목적지를 정하고 시작한 일은 아니었습니다. 오히려 만들고 나서야 그다음으로 가야 할 길들이 보이는 작업들이었습니다. 다만 새로운 프로젝트에서는 이전에 한 작업들과는 무엇이 되었든—이야기, 형식, 장르든 상관없이— 해보지 않았던 것들을 꼭 해보자는 생각으로 만들어 왔습니다. 에세이를 써보자는 말은 작년에도, 그전에도 나왔었지만 우리가 무슨 에세이야 라며 손사래를 치고는 했었지요. 우스갯소리로 십 년이 되면 그 기념으로 쓰자는 말을 하고는 했는데 그날이 오고야 말았습니다. 10이라는 숫자에 너무도 큰 의미를 둔 것이 아닐까 싶습니다만.

미래는 이곳에 있지만 여전히 잘 모르겠습니다. 여전히 마음을 떠도는 질문들 사이에서 그래도 즐거웠다는 답을 찾을 수 있어 그나마 다행이라고 생각합니다. 앞으로 무엇을 얼마나 더 하게 될지는 모르겠지만 꾸준히 응원해 주신 분들 덕분에 여기까지 올 수 있었습니다. 진심으로 고맙습니다.

작가의 다른 책들

『셀린 & 엘라; 문득 네 생각이 났어.』
『셀린 & 엘라; 디어 마이 그래비티』
『다시 봄 그리고 벤』
『마커 바이 미바』
『고마워, 있어줘서.』
『반짝반짝 빛나는 당신들만의 시간』
『I Feel Like We Don't Belong Here』
『Neo the Cool Cat』
『Late Larva』